Lauri Soini

Runopisareita

suuraakkosin

 MEGALI

Lauri Soini

Runopisareita

suuraakkosin

Alkuperäisen jäljennös.

1. painos 2023 | ISBN: 978-3-38708-198-5

Megali Verlag on Outlook Verlagsgesellschaft mbH:n imprint.

Verlag (Julkaisija): Outlook Verlag GmbH, Zeilweg 44, 60439 Frankfurt, Deutschland
Vertretungsberechtigt (Valtuutettu edustamaan): E. Roepke, Zeilweg 44, 60439 Frankfurt, Deutschland
Druck (Painotalo): Books on Demand GmbH, In de Tarpen 42, 22848 Norderstedt, Deutschland

RUNOPISAREITA

KIRJA

LAURI SOINI

1895.

Pisareita.

Salomaalla sammalesta
 Henki tuores henkäeli,
 Utu untelo yleni
 Kevätpäivän paistaessa.

Utu tuores tuoksahteli
 Pyrkien yhä ylemmä;
 Läksi pilvyenä piennä
 Ilmankantta kaartamahan.

Pirskutteli pilvi pieni
 Tullut synkältä salolta
 Pienosia pisareita,
 Vihmeheisiä vetosen.

Pienosista pisareista
 Toiset lehdille lehahti,
 Kuhahteli kukkasille,
 Niillä hetken heiluellen
 Lailla helmen hopeaisen,
 Kunnes idän irju viima
 Kukan nuppua nujersi,
 Vartta väänteli väkisten,

Puotti pienosen pisaran,
Uuvutteli unholahan.

Pisareista pienosista
Toiset tulla tuiskahteli
Läikkyville lainehille,
Selän siintävän vesille,
Sinne peittyen peräti.
Toiset tuulen työntäminä
Vaapsahtivat vuoristolle,
Siellä uupuivat ijäksi.
Kovan kallion kolohon.

Mutta muutamat putosi
Kostukkeeksi kynnöksille,
Vainioille vihrehille,
Niittylöille nääntyville.

Jospa joutuisi jokainen
Pienen pienikin pisara
Kostukkeeksi kynnökselle,
Kylvetylle kunnakselle! —
Silloin siintävä, sorea
Kukka kaunis kasuaisi,
Vilja viihtyisi vihanta

Suomen suurilla saloilla,
Syänmailla synkeillä.

Ylös!

Korvessa kulkee eellehen pienoinen joukkokunta,
Sen tiellä murrokoita on ja kylmää talvilunta.
On vanhuksia joukossa ja kansaa myöskin nuorta,
He pyrkii korven reunalle korkeeta kohden vuorta.

On monta vaaraa, vastusta ja paljon seisokkeita,
Mont' kertaa ollaan eksyä ja tehdään polvekkeita,
Vaan eellä miehet viisaimmat ne oikeahan johtaa,
Lyö jälkijoukko merkkiä ja viitat ylös nostaa.

Niin kulkee joukko vitkalleen tietöntä taipaletta,
Uus ura aukee kansalle vaeltaa vastuksetta.
Mut monta uupuu korpehen kun voimat hervahtaapi
Ja korven synkän kätköhön nuot raukat jäädä saapi.

Mut urhot vahvat vitkalleen lähestyy korven laitaa
Ja vihdoin läpi lehvien he aukon nähdä taitaa.

Ja tuota kohden uljaasti nyt joukko asteleepi
Ja matkan määrän löydöltä jo rinnat riemuitseepi.

Niin päästään korven reunalle ja siihen joukko jääpi
Ja helpotuksen huokauksen nyt urhot hengähtääpi.
Siin' henki tuores, vienonen tuoksuupi sammalesta
Ja hienon hieno tuulonen henkäilee luotehesta.

Ja maahan päälle sammalen nyt miehet istahtaapi,
Nyt heiltä raajat raukenee, uupuupi, uinahtaapi.
Mut maasta usvaa henkäilee mieslauman tienohilla
Ja peittää urhot uinuvat pehmeillä untuvilla.

Niin siinä joukko pienonen rauhassa uinuaapi
Ja matkapuuhat mielestään se siinä unhottaapi. —
Mut vihdoin joukko nuorien jo nousee valvehille
Ja rohkein heistä huudahtaa miehille nukkuville:

"Jo ylös, joukko, joutukaa, matkalle lähtekäämme,
Ei olla vielä perillä, vaan sinne pyrkikäämme!
Vain hiukan päivä pilkistää meill' usvan katvehessa,
Mut nähdä me sen tahdomme täydessä loistehessa!

Siis joutukaatte! Ylöspäin yks'voimin rynnätkäämme,
Siell' usvain yläpuolella varmasti kerran näämme
Me puolenpäivän päivyen, sen tosiloistavuuden,
Siell' vapaavallan löydämme, maan ihanaisen uuden!"

Vaan vakaamielet vanhukset kyljelleen käännähtääpi,
Yks'mielisesti yhteissuin nuorille äännähtääpi:
"Pois lähdön touhu heittäkää, unelle uupukaatte,
Te huudollanne huimalla pois rauhan meiltä saatte!

Tuo turhaa on kun vuorelle luulette pääsevänne,
On vuoren rinta louhuinen, siell' murtuu elämänne.
Te täällä meidän tavalla rauhassa nukkukaatte
Ja tähän korven reunalle uus pelto perkakaatte!"

Niin lausuu joukko vanhojen ja paikallensa jääpi,
Mut nuorten joukko intoisa vain ylös rynnistääpi —
Ja ilma seestyy yhtenään kun tullaan ylemmäksi
Ja päivänterä lämmittää jo ilman lempeemmäksi.

Ja halki usvan ylemmäs tuo joukko aina saapi,
On eellä pojat uljaimmat, ne siellä huudahtaapi:
"Vain ylös, ylös rynnätkää, usvien yläpuolla
On ilma raitis, puhtonen ja toivonmaa on tuolla!"

1895.

Vala isänmaalle.

Kotilahden rantamalla
 Kalliolla korkealla
 Istuskelen aateskellen,
 Isänmaata ihaellen.

Suomen luonnon suloisuutta,
 Suvi-illan ihanuutta
 Silmäillessä siintäville
 Kiitää aatos taivahille.

Sydämeni syttyväksi
 Tunnen tulenkipinäksi,
 Kotilehdon koivahille
 Noin ma kuiskin kuuluville:

Sulle, sulle ainoalle,
 Kotimaalle rakkahalle,
 Elontyöni annan sulle

Jos on voimaa suotu mulle!

Armas maani, vapauttasi,
Kunniaasi, lakiasi
Töin ja toimin puollustella
Tahdon aina miehuudella.

Armas kansa, vannon sulle,
Onnesi on onni mulle!
Herravallan salonlasta
Soisin la'ata sortamasta!

Niin mä kuiskin koivahille,
Kallioille kivisille;
Nyt sen taasen kuuluville
Huudan taistoveljyille.

1895.

Kuni tammi tarhalatva.

Niin on kansa kalevainen
Kuni tammi tarhalatva,
Jäykkä oksainen, jykevä.

Paljon tammi tarvitseepi
Paistetta keväisen päivän
Ennen kuin se ennättääpi
Lehvät lehtihin pukea —
Kauvan tammi tarvitseepi
Harmajan halata hallan
Ennen kuin se hellittyypi,
Luopi maahan lehtyensä.

Kauvan kansa kammoaapi
Ulkomaista mahtavuutta —
Kauvan taasen tallentaapi
Mihin kerran mielistyypi:
Niin on kansa kalevainen
Kuni tammi tarhalatva,
Jäykkäoksainen, jykevä.

1894.

Suomen tulevaisuus.

Oi josko vuotta tuhannen
 Tuntisi tulevaista,
Ja koko ajan seuraten
 Sukua suomalaista
Kun eläisi, niin tietohon
Sais synnyinmaansa kohtalon!

Tää maamme onko armahin
 Sallittu sortuvaksi,
Miehemme hurmevirtoihin
 Johdettu joutuvaksi;
Vai saammeko me orjana
Vain vaijeta ja — vaipua?

Vai onko sankarmainehin
 Maa isäin mahtavaksi
Nouseva, lipuin liehuvin
 Vapautta nauttivaksi —
Ja onko Suomen soittokin
Taas soipa äänin sointuvin?

Niin on jos valon virrallen
 Sen kansa kiiruhtaapi

Ja kansan lapsi jokainen
Kyllikseen juoda saapi
Totuuden kultamaljasta —
Maa uljas toipuu Suomesta!

1893.

Suoraan vaan!

Kuin vanha, väärä kiertotie
On jääpä hylkyriksi,
Kun oikaisahan uusi vie,
Käy suunnat selvemmiksi —
Niin nuori Suomi kulkekoon
Vain suoraan, salvat ratkokoon
Se miesnä, ryhdikkäästi!

Niin — vanha polku rauhaisaa
Ois käydä kaartamalla,
Mut elon taiston mellakkaa
Vain onkin maailmalla.
Jos tarvis on, niin taistellaan,
Siis, nuori Suomi, suoraan vaan

Kuin tulta oisi alla!

Sen nuorten joukko muistakoon,
 Ett'eipä uinumalla
Uus ura aukee murrokkoon,
 Mut työllä toimekkaalla.
Ei säikähtää saa vuortakaan
Jos mielinemme voittamaan —
 Siis — suoraan ilomiellä!

Jos pelottaa yö hirmuillaan,
 Se on vain oma syymme;
Jos tosi-innoin taistellaan,
 Ei joudu hukkaan työmme.
Uus aika luo jo valoaan —
Siis, nuori Suomi, suoraan vaan!
 Pois kannot tieltä lyömme!

1894.

Ennen ja nyt.

Seutua monta maastamme,
 Saloista, saaristoista,
 Muistoisaa löytyy kansamme
 Tuimista taisteloista.
 Ois paljon niitä laskien,
 Nyt käyn mä Kärnäkoskellen.

Niin synkkä muuri seisoopi
 Nyt muistonamme siellä,
 On moni urho kansani
 Siell' kuollut ilomiellä.
 He meidän eestä kuolivat,
 Nuo rauniot sen kertovat.

Pien puro juoksee rauhassa
 Pensaitten katvehessa,
 Se tuimemmassa vauhdissa
 On isäin hurmehessa
 Virrannut miekkain huiskaissa
 Ja surmanuolten tuiskaissa.

Kauniina kukkii seutu nyt,
 Lehdistö lemuaapi,

Pensaat on puron peittänyt,
Siivekkäät sirkuttaapi, —
Nyt luonto juhlii, leikkii vaan,
Kuin totta ei ois ollutkaan.

Mut urhotkin nuo rauhassa,
Miekkoiset miehet maamme
Jo nauttii rauhaa haudassa,
Me, me nyt vuoron saamme;
Mut pois me miekat hyljätään
Ja valonvoimin rynnätään.

Kärnäkoskella 1892.

Oisko isäin henki tuo?

Kauvaksi aatos harhailee
Luontoa katsellessa.
Mi sulohämy leijailee
Kesällä lehdikossa!
Kuin täyteläistä, tenhoisaa,
Kuin vienoa, kuin utuisaa,
Kuin pyhää, kuinka eloisaa
On luonto kaikkialla! —

Ois, oisko isäin henki tuo
Mi tuoksuellen tulee luo?

Niin, ehkä sielut isäimme
Liitelee luonnossamme,
Katsellen kuinka kansamme
Nyt kestää vaivoissamme.
Ja sikspä onni Suomessa
Ain kartuu vain, kun ilmassa
On isäin henki elossa
Turvana toimissamme. —
On, on se isäin henki tuo
Mi tuoksuellen tulee luo.

1893.

Miks' on maassa kärsimystä?

Miks' on maassa kärsimystä?
Oishan onni suotuisampi?
Miks' on yötä olemassa,
Oishan päivä ihanampi?
Miks' on suotu sorrantata,

Saishan vallita vapaus? —

Siks' on maassa kärsimystä
Kuni huolen huntusitta
Arvoton ois onni meille.
Siks' on yökin olemassa
Kuni ilman yöhyettä
Ei ois päivyen valoa.
Siks' on suotu sorrantata,
Että vois vallita vapaus
Kahlehitten katkettua.

1895.

Vuoden päättyessä.

Taasen uutimensa sulki
Mennyt vuosi vaiheineen,
Ajanmeren aalto kulki
Valkamalle vaahtoineen;
Aate kahlehia vailla
Ei vain liiku aallon lailla —
Milloin, milloin liikkuukaan!

Moni laiva lainehilta
 Laski elon rantahan,
 Eksytteli elonilta
 Monta haudan helmahan;
 Rahavalta vaisealle
 Ei vain murru mullan alle —
 Milloin, milloin murtuukaan!

Ajan virta aaltoaapi,
 Vuodet viepi vauhdillaan,
 Vuoroin surut, riemut saapi
 Ihmisrinnat kuohumaan;
 Hengenvalta vapauttahan
 Ei vain pääse nauttimahan —
 Milloin, milloin päässeekään!

1895.

Ahkeroi!

Jos huolen hyrskyt purteesi
 Rajuna aaltoaapi,
 Jos pyrintösi, toiveesi
 Vastukset vaimentaapi —

Et varmaan *ahkeroi?*

Jos toivot viljan vihreän
 Sa maasta nousevaksi
 Niin kuoki, kynnä yhtenään,
 Maa kaiva kuohkeaksi —
 Ja aina *ahkeroi!*

Jos taidon, jospa kunnian
 Sa toivot voittavasi,
 Jos tahdot tunnon puhtahan
 Säilyttää rinnassasi —
 Niin aina *ahkeroi!*

Jos tyynen rannan saavuttaa
 Sa tahdot maailmassa
 Ja tosi-onnen omistaa
 Elossa tulevassa —
 Niin sinne *ahkeroi!*

1895.

Sunnuntaina.

On vienontyyni aamu sunnuntain,
 Niin hiljaksehen luonto uinuu vain,
 Niin hiljaa taas on pinta lahtosen,
 Kun pois jo souti kirkkovenhonen.

Lahdesta taasen lähtee venhonen
 Niin hiljaan edelleen vain liukuen.
 Ei kirkolle näy vievän venhon tie,
 Se saarehen vain salmen suussa vie.

Mies tupaan venhostaan käy suruinen,
 On jossa joukko koolla pienoinen;
 Siell' veli veljelleen suo surujaan
 Ja painavia syntitaakkojaan.

Siell' veli veljyttänsä lohduttaa
 Ja heikon uskoo vahvat vahvistaa,
 Siell' jokainen on yhdenvertainen
 Ja rauhan henki täyttää huonehen.

Saaresta lähtee pieni venhonen
 Niin vinhakasti eespäin kiitäen.

Mies jäntevästi soutaa airoillaan,
On taivaan loiste hällä poskillaan.

1894.

Lemmetön liitto.

On päivän pitkän pääksytysten
 Mies korven kanssa taistellut,
 On sinne maahan vieretysten
 Lehväiset kuuset rauvennut.
 Kun illan hämy kuusikossa
 Vihreiset lehvät tummentaa,
 Mies kotiin kirves kainalossa
 Jo uupuneena astahtaa.

Siell' kodin pienen kynnyksellä
 Jo vaimo vastaan kiiruhtaa,
 Vaan eipä lemmen silmäyksellä
 Hän miestään tahdo armastaa;
 Mut uhkuu rinta katkeruutta
 Ja tulta säihkyy silmistään,
 Soi ääni vihan vimmakkuutta

Kun tyhjentää hän sydäntään.

"Sun kuka käski taaton luota
Minua tulla narraamaan
Ja tänne hökkeliisi tuoda
Puutteessa aina huokaamaan?"
Kun kaikk' on "huolet" huovennettu,
Noin päättyy saarnat katkerat,
Vaan silmäin hehku sammutettu
Ei oo, eik' katseet raivoisat.

Mies allapäin on, minkäänmoista
Ei ääntä päästä huuliltaan,
On rinta täysi kai helmoista,
Hän hiljaa huokaa huolissaan.
Aamulla työhön kaihoissansa
Hän astuu eestä perehen,
Taas siellä huolet rinnastansa
Pois kukkuu korven käkönen.

1894.

Vanha mieronmies.

Penkin päässä istuissahan
Mieronmiehen miettehet
Luisuu lapsuusmuistoissahan,
Kuvat sieltä kaunoiset
Sielun silmään kuvastaapi, —
Uni silloin voiton saapi.

Vanhus nukkuu, unissahan
Elää ajat armahimmat:
Hän on lapsuuskodissahan,
Siellä siskot, vanhemmat
Häntä hellii lempiellen,
Hänkin laulaa riemuellen.

Unikuvat nuoruutehen
Sielun siivittelevät,
Kera neidon armahaisen
Kukkatietä kiitävät...
Mutta — neidon kaunokaisen
Viepi tuoni, ihanaisen!

Tuosta vanhus tuskissahan
Havahtuupi unestaan,

Hetken on hän iloissahan,
Tuska kun ol' unta vaan...
Mutta — elo synkempihän
Oli hällä ilmissähän!

1895.

Kotona jos olla vois!

Pien mökki luona kuusien
Vain lemmitty on mulla.
Ain muistan korven vilpoisen,
Sen humun, hengen tuorehen;
Sinn' syämen halaa tulla.
Kuin muinen siellä huiskisin
Ja kuusten virttä kuulisin.

Ma muistan lehdon raikkahan
Lehdillä liehuvilla
Ja muistan lahden rauhaisan,
Sen pinnan vienon loiskinnan
Ja ruohot rantamilla —
Jos siellä aina olla vois,

Se suurin onni mulle ois!

Ma muistan tuvan pienosen,
Sen lämmön leppoisimman
Ja äidin helman hellän sen
Ma muistan aina lämpösen
Ja katseen rakkahimman —
Oi, onni mulle nytkin ois
Jos äidin laulu korviin sois!

Jäi kotiin onni, kärsimään
Mun täytyi maailmalle;
On kaiho karvas matkassain,
Mut muistot lohdutuksenaan
Ne seuraa kaikkialle —
Siis rintain huokaa: onni ois,
Oi, kotona jos olla vois!

1893.

Mä en voi olla siellä.

Läpi elontieni sielussain
 Yks' kuva armas säilyy,
 Se surussain ja riemussain
 Vain arvokkainna päilyy.
 Lapsuuden koti pieni on
 Tuo kuva unhottumaton —
 Vaan voi en olla siellä.

Mä lasna siellä uinailin
 Unelmat herttaisimmat,
 Pelloista kodin perkkailin
 Vainiot vihannimmat.
 Mä siellä tunsin tuntehet
 Niin viattomat, vienoiset —
 Vaan voi en olla siellä.

Mun yltyi sielu isoomaan
 Tiedonpuun omenoita,
 Epäillä alkoi toiveitaan
 Ja utu-unelmoita;
 Aatteita alkoi etsimään,
 Totuuden tielle pyrkimään,

Sai ihanteensa siellä.

Vaan vanha taatto kauhistui
Mun koiton "kiihkoiluista".
"Tuo poika", lausui, "hullaantui,
Ei *leipää* tule nuista".
Hän tiedon kielsi kerrassaan,
Kuin seinä seisoi kiellossaan. —
Siks' voi en olla siellä.

Me kauvan, kauvan taisteltiin,
Hän seisoi horjumatta;
Kun vihdoin viimein vaijettiin
Jäi kumpii kaatumatta.
Mä väistyin, elän aatteillen',
Hän elää leivän etehen —
Siks' voi en olla siellä.

1895.

Taatom neuvo,

Niin hiljaa illan henki soi,
 Se vaivojansa vaikeroi,
 Huokailee huoliansa.

Tuo utuvirsi ikuinen,
 Tuttuni sulosointuinen
 Taas uus on — uudestansa.

Se soittaa rintaan mennehen
 Niin pyhän muiston muinaisen
 Taattoni tanhuilta. —

Se oli ilta sunnuntain,
 Ma istuskelin kaihoissain
 Rannoilla kotosilla.

Mun oli lähtö maailmaan
 Sen kiertoteitä kulkemaan,
 Siks' kaihostui mun rinta.

Niin siinä tunnin, toisenkin
 Ma istuin. — Vanhan taatonkin

Näin luoksein tulevaksi.

Hän hiljaa astui, arvellen,
Kuin takaperin aikoen,
Vaan tuli luokse asti.

Hän lausui — ääni hiljalleen
Värähti, kuulin selvälleen —
Hän lausui lauhkeasti:

"No, miltä tuntuu; erota
Pois pienen kodin suojasta
Laajoille aavikoille?" —

"Tok' oisin täällä mielelläni,
Jos ei ois pakko lähteäin
Maailman matkateille."

Niin virkin, katseen vanhukseen
Loin, näinpä suuren kyyneleen
Poskella ryppyisellä.

Kuin kaunihilta näyttikään
Tuo vanhus sarkaliivissään

Ja kyynel poskuella!

Niin hiljaa huokui kuusonen
Suruista virttä laulellen —
Ja taatto lausui mulle:

"Oot nuori, tahdot maailmaan
Sen kuohukoita tuntemaan,
En siitä sua moiti.

Niin, koita, poika, koita vaan!
On *tietää* hyvä hyrskyt maan,
Kun ei vaan niihin sorru."

Niin lausui hän ja maailmaan
Mä läksin sitten matkaamaan
Pois taattovanhan luota.

Ma jouduin elon kuohuihin,
Tuon illan pian unhotin,
Purjehdin karikossa.

Vaan nyt ma taaton kyyneleen
Ja neuvon muistan uudelleen,

Nyt vasta vaaluvoissa.

Mi onni oisi ollutkaan,
Jos unhottanut milloinkaan,
Sit' ois en aavikoissa!

1893.

Satakieli.

("Lastuja" luettuani.)

Kukkalaakson laitamalla,
Leppoisassa lehdikössä
Liverteli lintu pieni,
Satakieli kaunokainen.

Koko luonnon laulukunta
Silloin ääntänsä alensi,
Kuulostellen kummastellen
Soittajata sulosuista,
Jonka helkyntä heleä,
Virsi vieno vieryellen

Yli lehtojen levisi.

Hetken helkyteltyänsä
 Tuo on soittaja sorea
 Lehahtihe lentämähän,
 Kohden pilviä kohosi.

Miksi soittaja sorea
 Kohden pilviä kohosi,
 Kohosiko kuullaksensa
 Enkel-laulua iloista
 Taaton luota taivahasta?

Siksi soittaja sorea
 Kohden pilviä kohosi:
 Sieltä silmäelläksensä
 Kansan suuria suruja,
 Syänten piirtoja syviä.

Sitten tuolta tultuansa
 Lintu lemmestä liversi,

 Soitti syntyjä syviä, Ilmoitteli ihmehiä; Soitti suurille *sopua*,
Vapautta vangituille, *Totta* soitti säikkymättä.

1895.

Kuusikossa.

Mä päivän mailleen vaipuessa
Jo auran jätän kädestäin
Ja kotikorven katvehessa
Ma istun rauha syämessäin.

Vienosti kuuset huokaileepi,
Hiljalleen illan henki soi;
Tuo sävel kaikui sydämeeni
Ja soinnun heikon siellä loi.

Mun sydän silloin soitteleepi
Äänettä kaihosointujaan,
Vaan vihdoin rintan' aukeneepi
Ja ääneen laulaa tunteitaan.

Niin hiljaa laulaa virsiänsä
Mun ääni heikko, soinnuton
Ja kuuset soittaa lehviänsä

Mun mukaan heikon laulelon.

Jos sattuis laulelmista noista
 Yli korven kaiku kuulumaan,
 Niit' ellös moiti, kuusikoista
 Ei taide-soinnut kaijukaan.

1894.

Hehku, rinta!

Miksi, miksi nuori rinta
 Raivoelet rauhatonna,
 Miksi rauhan riistät multa,
 Yöllä karkotat unosen?

Toiset tuolla surutonna,
 Huoletonna huiskehtiipi;
 Mun sydän sälähteleepi,
 Rinta tuikkaapi tulessa.

Riehuele vain mun rinta
 Hehkuele hersymättä,

Hehku tulta, innostusta,
Tarmokkuutta, urhoutta!

Hehku, rinta, riutumatta
Riehu pitkin päivyeitä!
Mun on onni ollakseni
Tunnetulten tulviessa.

Jos sä tyynnyt jollonkullon,
Tyynny aivan ainiaaksi.
Mieluisampi mullan alla
Maata on kun maailmalla.

18/3 1895.

Riehu, myrskytuuli!

Taas tuisku tuima tuivertaapi
Ja talvimyrsky myllertää
Ja lumipilvet pelmuaapi
Ja kylmä viima viheltää.

Ma kurja, kolkko ihmislapsi
Taas elämään nyt innostun,
Taas tunnen rinnan toivovaksi
Mä pyörteheisiin taistelun.

Vaikk' äsken päivän paistaessa
Ma hautaan tunsin toivovain,
Nyt lumituiskun huiskaessa
Mä elää, elää tahdon vain.

Siis riehu, myrskytuuli tuima,
Sa riehu, mylvi yhtenään!
Myrskyittä, taisteloitta huima
Mä elää en voi ensinkään.

22/3 1895.

Kevään oikkuja.

Taas koittaa kevät, hyisen hallan
 Pois lämmin päivä hiuvottaa,
 Ja talven kylmän hirmuvallan
 Pois suven tuuli karkottaa.

Mut — kevätpäivät ihanimmat
 Saa saastaa ensin ilmoillen;
 Saa kaikki kätköt likaisimmat
 Se nähtäväksi ihmisen.

Vaan kunhan päivä paistaneeksi
 Saa maahan hieman kauvemmin,
 Niin likaan tuohon nousseheksi
 Saa nurmivaippa vihrehin.

29/3 1895.

Keväiset jäät.

Kuullos, ystävä, kevähän jäille
 Onpi mennä sun vaarallinen;
 Jäinen vaippa vois murtua rikki,
 Omaks jäisit sä aaltosien.

Ellös konsana siihen sa luota,
 Jospa talvella kestikin jää.
 Se jo kehnoni, kun sitä murtaa
 Kevätpaiste ja lauhea sää.

Ulapalle jos on sulla into,
 Säre tieltäsi pettävät jäät;
 Oman purtesi turvin sa aallot
 Sitten purjehdi vaahtoovapäät! —

Ellös aattehen aalloissa myöskään
 Kulje vanhoja siltoja vaan;
 Koko sielusi tarmolla syöksy
 Itse solmuja aukasemaan!

1/4 1895.

Yliopiston kirjastossa.

Mä tänne hairahduin ja oikein en
 Mä tiedä, missä taasen lienenkään.
 Niin outo tunne mulle rintahan
 Nyt hiljallehen alkaa elpymään.

Niin tuntuu ilma lumoovaiselta
 Kuin vienon vieno henki taivainen
 Tääll' hiljaa liihoitellen asustais. —
 Tää taivaan etusuoja lienekin?

Kun nään nuo holvimuurit muhkeat
 Ja suurensuuret tiedonlähtehet,
 Ma salon lapsi tyyten peljästyn
 Ja toivon kauvas täältä pääseväin.

Vaan kun mä aijon sitten lähtemään
 Niin jäädä tekee mieli kuitenkin. —
 Ken pois nyt pyrkisikään taivaastaan,
 Kun oven löytäisin vain salihin!

13/4 1895.

Vapaus voittaa!

Jäykästi uhkaa seistä jää
 Ja murtuissansa temmeltää,
 Mut paiste kevätpäivyen
 Tuo aaltosille vapauden!

Vaikk' pimeyden kahlehet
 Tahtookin hyytää sydämet,
 Niin työ ja taisto pelvoton
 Vapauden viepi voittohon!

1894.

Se lienteytyy.

Niin paksu pilvi nousee metsän takaa.
 Se peloittaa,
 Se ennustaa
 Satehen maille pian vihmovan.
 Vaan kun on noussut ylös ilmahan,
 Se lienteytyy,
 Se hämärtyy
 Ja pisaretta tuskin maahan sataa. —

Niin moni täällä ihminen
Ihmeitä lausuu ilmoillen,
Vaan kun on aika toimintaan,
Hän uupuu unten maailmaan.

1895.

Kuusi ja koivu.

Kaks puuta seisoi rintehellä,
Kuus toinen, koivu rinnallaan.
Tuo koivu alkoi terhennellä
Kun kerran istuin juurellaan:

"Sa kehno kuusi, lehtiäni
Katsoppas vihrehiä vaan —
Ja katso noita lehviäsi,
Ne kauniit ei oo ollenkaan!"

Ol' hiljaa kuusi, huokaellen
Vain heilutteli lehviään;
Hän huokui koivun kopeudellen,

Kun ylpeillä voi lehdillään.

Mut tuuli syys ja tuimin tuulin
 Vei koivun lehdet mennessään
 Ja koivun kerran hiljaa kuulin
 Ma huokailevan yksinään:

"On onnekkaampi mua kuusi
 Kun lehvänsä on suojanaan;
 Mun loistoni vei tuima tuuli,
 Ma turvaa mistä saanenkaan!"

Ol' hiljaa kuusi, huokaellen
 Vain heilutteli lehviään
 Ja lehviänsä levitellen
 Suojella koitti veljyttään.

1894.

"Eestäs löydät."

Kerran poika pienenlainen
Päivän metsässä myräsi,
Heilahteli heinämaalla.
Ilta tuosta kun tuleepi,
Poika potrana palaapi,
Luoksi maammonsa meneepi.
Tuosta tuon sanoiksi saapi,
Laskettaapi lausehiksi:

"Päivän metsässä myräsin,
Heilahtelin heinämaalla;
Pitkän pieleksen tekasin,
Heinäsuovan suurenlaisen."

Tuosta äitivanha virkki,
Tuosta virkki, tuon saneli:
"Eestäs löydät lapsueni
Mitä jätät jälkehesi."

Tuota poika tuumaileepi,
Arvellen ajatteleepi:
"Kuta tehdä, kuin eleä,
Kunne suovani sukea,

Pitkä pielonen veteä,
Kun se vaivanen viruupi,
Turma tielleni tuleepi?"

Poika tuosta toisen päivän
Vielä metsässä mekasti,
Heilahteli heinämaalla.
Illan tullen asteleepi,
Luoksi maammonsa meneepi.
Tuosta jo sanoiksi virkki,
Tuosta laski lausehiksi:

"Päivän metsässä mekastin,
Heinäniittyllä humasin.
Heinäsuovani sytytin,
Poltin pieleksen poroksi.
Nyt se vieläkö viruupi
Turma tielleni tuleepi?"

Äiti vainen vanha virkki,
Noinpa virkki, noin pakisi:
"Eestäs löydät lapsueni
Mitä jätät jälkehesi."

Poika parka peljästyypi,
 Hätäellen hämmästyypi;
 Tyystin tuosta tuumaileepi,
 Arvellen ajatteleepi:
 "Kuta tehdä, kuin eleä,
 Kun se vieläkin viruupi,
 Tielle tuhkakin tuleepi?"

Tuosta kohta kolmannenkin
 Poika päivyen peräsi
 Hiostellen heinämaalla.
 Illan tullen asteleepi,
 Hyvillänsä hyppeleepi,
 Luoksi maammonsa meneepi.
 Naurusuulla nalkuttaapi,
 Laskettaapi lausehiksi:

"Taaskin metsässä myräsin
 Kesäpäivän pitkänlaisen.
 Tuhkan konttihin kokosin,
 Pikku pussihin peräsin,
 Kannoin kontin kalliolle
 Lahden laajan laitamalla,
 Siitä järvehen siristin,
 Vetosehen vieryttelin.
 Nyt se vieläkö viruisi,

Tuhka tielleni tulisi,
Kun sen tuuli tuiskutteli,
Aallot aavalle ajeli,
Selvälle selän vedelle,
Ulapalle aukealle."

Äiti vain varoen virkki,
Sanat sattuvat saneli:
"Eestäs löydät lapsueni
Mitä jätät jälkehesi. —
Heinäsuovasi sytytit,
Poltit pieleksen poroksi;
Käyös uutta alkamahan,
Suovoa sukeamahan!"

"Anna olla, ajan mennä,
Päähän päivien samota;
Kaikki tielle se tuleepi
Minkä tuhmasti tekeepi,
Minkä toimin toimittaapi."

1894.

Kyyhkyselle.

Kultalintu kyyhkyläinen,
Lehdon lempeä eläjä,
Miksi vainen vaikerrellen
Huokaelet huolissasi
Lehtoloitten lehviessä,
Tullessa suven suloisen?

Tule tänne kyyhkykulta,
Istu mun olkapäähyelle,
Kyynäsvarrelle kykähdä,
Usko mulle huoliasi,
Kerro kaihosi kovimmat; —
Mulla myöskin murhe musta
Sydäntäni synkistääpi,
Niinpä mulla kuin sinulla
Kaiho mieltä kaiveleepi. —
Ehkä oisi armahampi
Kaksin meidän kaihoella.
Huolissamme huokaella.

Tuosta[1] kyyhkynen kyhähti
Lähimmälle lehväselle,
Siinä huolensa selitti,

Laati mulle murehensa:

"Minä hautelin halulla
Muinen kymmentä munoa
Pienosiksi poikasiksi.
Pyy se pienonen pyrähti
Leveälle lehväselle
Luoksi pienosen pesäni;
Siinä piiskutti pahainen,
Vihelteli viekotellen,
Pyysi muutella munia.
Vailuhia vaihetella.

Enkös onneton eläjä
Silloin muutellut munia,
Vaihetellut vailuhia!
Sitä itken tuon ikäni,
Sitä vaivanen valitan:
Kuni kymmenen munoa
Kaikki kahtehen katosi!"

1894-95.

[1] Kansantarinan mukaan.

Tie ja tähti.

Syksyn yössä synkimmässä,
 Kuljin kerran kotihin
 Yli aavan nevaniityn
 Varovaisin askelin.

Mustaa, synkkää ympärillä
 Oli jokapuolellain,
 Usvaa unteloista henki
 Raskahasti rintaham.

Valo kodin ikkunasta
 Vieri vihdoin silmähäin.
 Siihen silmin tähystellen
 Kiiruhdin mä sinnepäin.

Sinne katson, jalkoihini
 Katsoa en muistakaan,
 Mutahautaan mustimpahan
 Suistun sormin sorkkimaan.

Kun mä pääsin pälkähästä
 Taasen maalle marssimaan,

Aijoin aivan ainaiseksi
Tuosta tulla tuntemaan:

Ei oo oikein, määränpäähän
Yksiten vain katsahtaa,
Täytyy myöskin tarkastella
Tietä sinne kulkevaa!

1894.

Hyvä siemen.

Maanmies parahimmat
Siemeneksi viljat
Jättää puidessaan,
Kun hän parahimman
Sadon niistä saavan
Tietää kootessaan. —

Sivistyksen siemen
Myöskin punniskellen
Kylvettävä ois,
Ettei ohdakkeita,

Rikkaruohokkeita
Toukomaamme tois.

1894.

Kahdenlaisia kuulioita.

Kirkossa pappi pauhailee,
Saarnailee helvetistä
Ja naiset itkee, huokailee
Ja uipi kyynelissä.

Vaan miehet istuu jäykästi,
Ei murru mieli heiltä,
Mielessään muistot maalliset
On kärsimysten teiltä.

Kun pappi muuttaa aihettaan,
Taivaasta saarnaileepi,
Miehetkin silloin innostuu
Ja rinta lämpeneepi.

22/3 1895.

Kaksin.

Ahon aukean rajassa,
 Koivumetsän katvehessa
 Multakummusta kohosi:
 Yksi pienonen petäjä,
 Toinen kauno koivahainen.

Tuo on pienonen petäjä
 Kohotteli kokkoansa,
 Pientä päätänsä ylensi;
 Niin hän suureksi sukesi,
 Kohottihen korkeaksi.

Kesän armahan ajalla,
 Suvituulen suudellessa
 Koivu oksansa ojensi,
 Lehdet vehreät levitti
 Kukkana kukoistamahan
 Männyn lehvien lomasta.

Syksyilman irjuessa
 Tuima tuuli kun kulutti
 Lehdet koivulta komeat,
 Silloin peitteli petäjä

Leveillä lehvillänsä
Kaunokaista koivahaista
Tuiman tuulen suutelulta.

Tuopa kauno koivahainen,
Impi vihreä vereltä,
Vielä vieno vartalolta,
Kiertelikse, kaartelikse
Männyn oksien lomitse
Varren ympäri vakavan.

Kerran koivikko komea
Maahan kaikki kaadettihin
Kuivavaksi kaskoseksi;
Kaksi puuta kaunokaista,
Yhtenen yhistynyttä,
Heitettihin heilumahan
Tuulen tuuviteltavaksi.

Kaksi puuta kaunokaista
Siinä yhdessä yleni
Sini-ilman siintäville.
Kerran syksyn tuima tuuli
Halki haiverti ahoja,
Tuosta puuhkean petäjän

Päälle paksusti puhalsi;
Kaksi puuta kaunokaista
Tuuli murskaksi muserti,
Maahan paiskasi pahasti.

Kaksi puuta kaunokaista
Kaksin maassa nyt makasi,
Pahoinakin päivinänsä
Oksat yhtehen sovitti.

1895.

Lemmen terhenissä.

Mä elon melskehessä haparoin,
Kuin haparoipi yössä matkamies —
Ja valon tuikkehesta unelmoin
Niin heikosta, kuin luopi hiilloslies.

Niin unelmoin — ja kolkon tyhjyyden
Mä silloin tunsin rinta-alhossain
Ja sinne tänne silmä kaihoten

Mun katsoi, jotain tunsin kaipaavain.

Vaan silloin siinti tähti silmähäin
  Katveesta öisten usvain hämärten, —
  Se kirkastuen kiilui tännepäin,
  Kuin päivyt väistyessä yöhyen.

Mut salomaalla päivyt suvinen
  Kun alkaa korven takaa pilkoittaa,
  Se armas vyhtyy peittoon usvien
  Ja hämärästi maahan ullottaa.

Niin munkin lemmenaamu terheniin
  Niin hentoisihin velloo tienohon,
  Kuin kuolevaisen taivasunelmiin
  Luo epäusko verhon untelon.

Sa uuvut ihanaisin impyein
  Mun syämessäni utu-untuviin, —
  Se liekö vasta alku päivyein,
  Vai tyyntyneekin tyyten unelmiin!

Vaan haihtuupihan usvat huomenen.
  Kun päivä ylemmäksi yllättää

Ja lämmin hohde niityn nurmehen
Lempeemmin kuni ennen hellittää.

Ja siihen luottaen ma uskallan
Silmältää kohden onnenpäivyttäin.
Sun, impi, katsees toivon hehkuvan
Pois usvat unteloiset syämestäin!

18/4 1895.

Oon kuni hurja oronen.

On hurja nuori oronen,
Oon itse ihan semmoinen.

Kun orhi tulen valtavan
Saa nähdä luonaan leimuvan
Ja hälle savu sieramiin
Saa karvas tunkeuneeksi, niin
Hän tulta kohden korskuen
Kuin tuuli syöksyy pelmuten
Ja liekin kuumuudestakin

Hän veisaa viisi tietenkin.

Mä myöskin lapsi ihmisen
Kun hehkun lemmenliekkien
Rintaani tunnen tuikkivan,
Niin silloin tyyten tulistun
Ja toivon tulen roihuhun,
Unhottain koko maailman
Ja tuiman tulikuoleman.

On kyllä hurja oronen,
Vaan itsekin oon semmoinen.

13/4 1895.

Kallein omaisuus.

Niin kallis, impi, mulle on
 Silmäisi rimpi pohjaton,
 Ja äänes sointu vienoinen
 Ja poskeis hehku herttainen
 Ja huultes juoma verraton
 Niin kallis, impi, mulle on —
 Vaan *kallehin* sun omaisuus
 On tunteittesi puhtoisuus.

1894.

Uusi kotimme.

Sulle armahin asunnon,
 Mökin rauhaisan rakennan
 Taaksi niityn nurmikkoisen,
 Kukkakummun kukkulalle.

Siellä pienosen pesämme
 Sisustelen sievimmästi,
 Kaunihimmasti kalustan;
 Laitan kolme korkeata

Isohkoa ikkunata,
Joista iltojen iloksi
Tienoita tähystelemme.

Yhdestä me ikkunasta
Näämme nurminiittyjämme,
Vainioita vihreöitä,
Kukkamaita kaunehia.

Toisesta me ikkunasta
Yli lehdon lehtisimmän
Näämme läikkyvän lahelman,
Näämme saaria satoja,
Rauhaisia rannikoita,

Ikkunasta kolmannesta
Näämme suuria saloja,
Kolkoimpia korpimaita,
Sydänmaita synkeöitä. —
Vaikka kukkakunnahilla
Kukkuisimmekin käkenä,
Totta onnemme ei oisi
Jos ei tietoa pahasta,
Huolta huonosta ajasta.

1894.

Jos tahdot, impi, vain.

Me kätösehen käsi painetaan
 Ja kaksitellen käydä aletaan.

Me rinnan korpitietä astutaan
 Ja maata myöten murrot murretaan.

Niin hiljalleen me kauvas kuletaan,
 Kun toinen toisehemme turvataan.

Niin maalle vapauden joudutaan
 Ja muita mukanamme huudetaan!

Jos tahdot, impi, vain.

10/4 1895.

Hienottarelle.

Sa, impi, päivän paistetta
 Noin miksi karttelet? —
Jaa — siks: kun siten muotosi
 Hienoisna varjelet.

Vaan kuullos! Turha toimi on
 Vain pintaa kiilloittaa
Jos sydän jäähän jähmettyy
 Ja lunta tallentaa.

Kasvoilles kesän päivyen
 Suo paistaa esteettä!
Se pinnan kyllä päivettää
 Vaan syäntä lämmittää.

1894.

Udutar.

Uduttaren usvalinna
 Tuoll' on pilvitarhassaan,
 Sinne höyhenvienosilla
 Purjehdin ma unelmilla,
 Toivon auerhaavehilla
 Uinun hetken helmassaan.

Udutar mun kukkasilla
 Ummistaapi kokonaan,
 Juovuttaa mun hunajilla,
 Silmät sulkee suudelmilla,
 Sitten usvapurjehilla
 Maahan tuopi tointumaan.

Liihytellen linnahansa
 Lentää taas hän tanssimaan;
 Soittaa sulosointujansa
 Kultakanteloisellansa,
 Houkuttaa taas soitollansa
 Linnaansa mun toivomaan.

 1894.

Petetty.

Hän tuli lailla pilvyen
Jot' tuuli tutjuttaapi
Ja loisti lailla päivyen —
Niin pauloinsa mun saapi.

Mä lemmin häntä, lempeään
Hän hetken mulle leikki
Ja sitten läksi, itkemään
Mun raukan tänne heitti.

Mun sydän itkee kaihoissaan
Ja rinta raukka riutuu,
Mun toivo hänen tulostaan
Vain vähemmäksi hiutuu.

Jos sattuiskin hän tulemaan,
Ei löytäis neitoansa,
Vaan äidin heikon, kalvakkaan,
Mi vaalii kuvoansa.

1894.

Muistolaulu.

Pienosella purtosella
 Kera neidon armahan
 Valkamasta vaelsimme
 Tasangolle lahdelman.

Yli tyynen peilipinnan
 Rannikolle soudettiin,
 Laihopellon laitamalle
 Nurmikolle istuttiin.

Siinä elontoivehia
 Toisillemme kuiskailtiin,
 Muinaisajan armautta
 Kaihoellen muisteltiin.

Tässä muistimmehan muinen
 Haapalehdon ollehen,
 Johon laaja laihopelto
 Oivin ojitettu on.

Poissa on se keinuinensa,
 Jossa illoin istuttiin,
 Lemmekkäitä lauleloita
 Käsikäissä laulettiin.

Hiljaa huokui haavikossa
 Silloin vieno tuulonen,
 Loihti nuoreen rintahamme
 Lemmenruusun puhtosen.

Muinaisaikaa muistellessa
 Silmiini sain kyynelet,
 Kyynelet myös immeltäni
 Kostutteli poskuet.

Pienosehen purtehemme
 Hiljalleen me hiivittiin.
 Muinaiselle haavistolle
 Muistolaulu laulettiin.

1894.

Tulen tienoolla.

Kilvan kiiti kautta ilman
 Lintupari lentäen,
 Hennon pääskyn saaliiksensa
 Tahtoi saada varpunen.

Kauvan pääsky pieni lensi
 Eessä tuiman vainoojan,
 Kunis sattui lentämähän
 Tulen liekin lieskahan.

Säkenissä säihkyvissä
 Paloi siivet pääskysen,
 Tuleen varpunenkin lensi
 Lentimensä polttaen.

Vaipui linnut hiljallensa,
 Tuonne tulen tienoollen.
 Elelivät ystävyssä
 Yhteisäänin laulellen. —
 — — — — —

Kilvan kaksi kaunokaista
Juoksi kotikentällään;
Impi eellä hipsutellen,
Poika kinteryksillään.

Kauvan juoksi neito nuori
Suuteloita peljäten,
Kunis sattui lentämähän
Luoksi lemmenliekkien.

Sieltä lemmen säkeneitä
Sattui immen sydämmeen,
Ennen osunut jo noita
Oli pojan rintaseen.

Vaipui kaksi kaunokaista
Luoksi lemmenliekkien.
Elelivät ystävyssä
Yhteisäänin laulellen.

1894.

Tuolla minun mielitietty.

Tuolla minun mielitietty,
 Minun ainut armastettu
 Toisen kanssa kainaluksin
 Kiitää tanssitanhuilla.
 Tuolla heiluu hymyhuulin,
 Hymyhuulin, simasilmin
 Kera mieron miehyitten.

Kuni tähti taivahilta
 Lammen kalvoon kuvastuupi
 Syksy-illan synketessä —
 Niin mun tuikki tuntehissa
 Kultaseni kuva muinen
 Yli maailmoiden mahdin.

Kuni syksyn vaisu viima
 Sulan järven jähmentääpi
 Hyväilyllä hyyhmäsellä —
 Niin mun hyytyy sydän hylky,
 Lemmenhehku hervahtuupi
 Kohden moista morsianta:
 Jok' on mieron mielitietty,

Leveälän lempilintu.

1894.

Kuin orjanruusu.

Kuin orjanruusu kaunoinen,
 On viekas impi semmoinen:
 Ne mieltä viehkeydellään
 Voi ihastuttaa hetkisen,
 Vaan pistävillä piikeillään
 Myös viedä ilon entisen.

1894.

Epätietoinen.

Niin lämmön lemmensuudelman
 Toi mulle illan tuulonen,
 Se lemmityltäni mun on,
 Jok' on niin ihmeen herttainen.

Vaan häntä lempii monikin,
 En tiedä, ketä lempii hän,
 Siks olen epätietoinen:
 Mull' laittoiko hän suukon tän.

1894.

Monihyväinen.

Paljonhan on pisareita
 Salolammen lainehissa;
 Eikö vain enempi mulla
 Liene lempi-impyeitä.

Kun mä immikön ihanan
 Näen näppärän näköisen,

Heti hellyn lempimähän,
Sydän syttyvi tulehen.

Vaan kun impyet ihanat
Silmän tieltä siirteleiksen,
Heti lempeni lepääpi,
Rakkauteni raukeaapi.

Näin mä leikin, lempiellen
Katson kaikki kassapäiset,
Kuljeskelen kuiskutellen
Toisen luota toisen luokse. —

Paljonhan on pienosia
Kukkasia kunnahalla;
Enempi on empimättä
Mulla lempi-impyeitä.

1895.

Kypsyä saa pellon vilja.

Kypsyä saa pellon vilja,
 Saavat niittyjenkin nurmet,
 Sekä sitten säästetähän
 Vaisun talvosen varaksi. —
 Impi umpun auvetessa,
 Lemmenkukan lehviessä
 Temmataan jo juuriltansa;
 Jos ei heti hellittäisi,
 Ikuisesti ilman jäisi.

1894.

Ihme.

Neidon nuoren lehtotiellä
 Näin mä punaposkisen,
 Omaks pyysin häntä siellä
 Lempeäni vannoen.

Kauvan häntä mairittelin,
 Kauvan juoksin jäljessään,
 Kaikin tavoin suksuttelin —

Hän ei suostu sittenkään.

Vihdoin viimein kyllästyen
Takaperin käännähdin,
Taaksi katsoin — ihme! — hänen
Perässäni huomasin.

1895.

SISÄLLYS